KB145867

# 아빠 뭔 일로

박희홍 제2시집

시음사
시사랑음악사랑

# 삶 속에서 시를 짓는 시인 박희홍

삶과 죽음을 함께할 수 있는 인생, 그중에서도 가장 중요한 것은 인간의 본질인 살아있음에 감사하면서 어떤 삶을 영위(營爲)할 것인가를 고민하고 의심하면서 살아간다. 주어진 하나의 의심 때문에 글을 쓰고, 그 글 속에서 새로운 인생을 속속들이 끄집어내는 일이 바로 문학이라면 그중에서 가장 멋진 작품을 남길 수 있는 분야가 시분야일 것이다.

박희홍 시인님의 작품세계에서는 정도(正道), 원칙 그리고 사람의 도리가 무엇인가를 배우고 거기에 익살스러움까지 엿볼 수 있다. 박희홍 시인님은 정신이 맑고 깊으면서 희노애락애오욕(喜怒哀樂愛惡慾)을 글로 풀어 자신

만의 느낌으로 시를 짓는다. 요즘 보기 드문 훌륭한 작품들 속에서 박희홍 시인은 시인이 바라볼 수 있고 또한 감추고 싶은 것을 보여주면서 공감까지 이끌어내고 있다.

박희홍 시인님의 첫 시집 "쫓기는 여우가 뒤를 돌아보는 이유" 이후 두 번째 시집 "아따 뭔 일로"를 독자 앞에 선보인다. 아침 햇살이 맑게 떠오르는 것처럼 참 반가운 소식이다. 박희홍 시인의 작품집에서 독자의 한 사람으로서 읽는 재미와 사색을 함께할 수 있는 작품을 감상할 기회를 주신 시인님께 감사한 마음이다. 박희홍 시인의 두 번째 시집 "아따 뭔 일로"를 기쁜 마음으로 추천한다.

**(사)창작문학예술인협의회 이사장 김락호**

# ✡ 목차

# ✹ 목차

# ✦ 목차

# ✫ 목차

본문
시낭송
감상하기

QR 코드　스마트폰으로 QR 코드를 스캔하면
시낭송을 감상할 수 있습니다.

 제목 : 고독한 시간
시낭송 : 박영애

 제목 : 꽃무릇
시낭송 : 박영애

 제목 : 멋진 노년
시낭송 : 최명자

 제목 : 놓지 못한 미련
시낭송 : 박영애

 제목 : 뮤드러진 애
시낭송 : 박영애

 제목 : 동병상련
시낭송 : 빅영애

 제목 : 인연이란 마음자리
시낭송 : 최명자

시인은 자연을 이야기하고
시낭송가는 자연을 품었다.
글자는 날개를 달아 언어로 날고
소리는 자연에 눕는다.

# 은혜로운 어머니

시골집 처마 밑에
두런두런 걸터앉아
곰 삭혀 가는 무청

파란 빛깔이
바람에 빛바래져 가는
인고의 시간

반가운 아들 내외 왔다며
어머니 좋아서
입 다물지 못하고

한 움큼 듬성듬성 썰어
변치 않는 손맛으로
끓어낸 얼큰한 시래기 된장국

어머니 말은 한 귀로 들으며
얼굴엔 구슬땀이 줄줄 흘려도
입은 마냥 바쁘기만 한
어머니, 어머니표 밥상

# 행운의 비밀

왜, 풀이 죽어있니
괘념치 말고 한번 해봐
왜, 고개를 좌우로 흔드니
그냥 의욕이 없어서

그게 별거니
'할 수 있다, 없다'를 골라
동그라미 치는 것이지

그리니 마음먹으면
어떤 험한 세파에서도
네 뜻대로 시도할 수 있는 거야

왜냐면
'할 수 있다, 없다'라는
마법을 푸는 선택의 열쇠란
신이 네게 준 용기勇氣야
그걸 네가 이미 쥐고 있지 않니
네 마음 내킨 대로 하면 된다

# 삶의 질곡

우리 삶은
구증구포*

거듭된 고난과
환란에도
굴하지 않고

의젓하고
단단하고 꿋꿋하게 산다

# 홀로서기

홀로 외로울 때면
왜
자꾸 너를 떠 올리지
고독아,
너도 외로움을 타니

우리
동무하면 어떨까

아니야,
스스로 자유를 찾아봐
너는 혼자서도 뭐든
잘할 수 있을 거다

# 어버이 은혜

아버지 날 낳으시고
어머니 날 기르셨지
열 손가락은 아버지
열 발가락은 어머니

그 은혜로움 절대로
풀 수 없고 잊지 못할
목숨보다 값진 언약
효도로만 풀 수 있다

# 괜한 걱정

나이 들어가니
가물가물 긴가민가
자꾸 잊어버려
그것 아닐까
넌더리 나게
걱정하다

접어둔 생각을
잊지 않게 하려
낱낱이 저바림*해 두고
또랑또랑한 눈으로
자주 보았더니
너로 인해 생각이
애젋어*간다

# 아따 뭔 일로

가냘픈 몸집만큼
손도 작다
이런
날더러 배포도
손도 크다고
수군덕거린다

흰수작* 부린 일 없다고
허텅지거리*해보지만
도무지 모르겠으니
그저 얼굴을 붉힐 수밖에 없다

# 어머니의 기도

외동아들의 혼인날
모두가 잠든 자정
불을 밝히신 어머니
대를 잇게 해 달라
빌고 빌며 조아린다

어머니의 지극정성에
조상께서 감응했나
떡두꺼비*를 보았다

귀한 손이니
명줄이 길어야 한다며
불을 밝혀 빌고 빈다

어머니가 늘
조상께 올리는 축원은
그저
언제나 대를 잇게 해 주어
고맙다는 단 한마디뿐이었다

# 양면성

버스를 타고 가기로 했지만
택시를 탔으니
자장면 세 그릇이 날아가 버려
점심을 사흘은 굶어야 한다

궁리 끝에 거짓말해
주머니에 점심값은 채웠지만
마음 한구석이 텅 빈 채 서글프다

밤새 잠을 이루지 못하고
달랑 자장면 세 그릇에
알량하게 양심을 팔다니
받은 돈 토해내고 찾아올까

두 마음이
발길질하면서
나를 괴롭히니
어째야 쓸고 야속하다

# 시詩와 사계四季

네 권으로 묶은 시집
제3권의 가을 편엔

동구 밖 숲정이 길에
피어난 구절초 속에
구구절절한 사연의
우주가 담겨있고

눈웃음 절로 나는
웃음꽃에 시가 들어있다

아직 읽지 못한 시집엔
뭐가 쓰여 있을까
어서 읽어 보고 싶어라

# 눈에 대한 단상

부모의 자식 사랑은
눈에 넣어도 아프지 않다고 한다

엄동설한에 보리가 자라는데
솜이불 역할을 하기에 보배라고도 한다
흰 세상이 되면 하얀 밤을
지새워가며 치우기도 한다

학동과 강아지는
들떠 그저 좋아하지만
너무 많이 쌓이면
대부분 사람은
교통대란에 출근 전쟁으로
무서움증이 도진다

보는 상황과
처한 처지에 따라
눈과 눈을 생각하는
마음이 사뭇 다르다

# 보고 듣는 재미

말로만 듣는 것보다
눈으로 보는 것이 좋고

보고 들은 바가
서로 어슷비슷하다면

지난날의 추억이 되어
뇌리에 생생히 꽂혀

삶을 출렁거리게 하는
이야깃거리가 되어
상상의 꽃을 피워내기 좋다

# 전쟁둥이

아기자기한 별밤
아버지
생각이 난다

그 모습
적확的確하게
그려낼 수는 없으나

뭇별 가운데
가슴에 새겨둘
덩두렷하게*
빛나는 별 하나 있다

# 곁눈질

올해
처음 본 눈眼
내 옆에 누워 자던

짝꿍의
사랑이 깃든
새치름한* 눈

올
소설小雪에
차가운 눈이 내리니
모두가
솜이불이라며
보리는 좋겠다고 한다

# 기억 저편

날이 쌀쌀하니
뜨끈한 양촌리 커피가
퍼뜩 생각난다

커피 간을
잘 맞추던 그미도
얼굴에 잔주름 졌겠지

왁자하던*
옛 시절 그리워서
몸이 근질근질하다

# 그게 그것

거리에서 채소를 파는
할머니와 아줌마의
여린 호박잎 한 움큼

은빛 머리 할머니 것은
겉은 품 나지만
속은 조금 지질한 잎

깔끔한 아줌마 것은
작은 것부터
가지런히 묶어놓은 잎

눈속임 잘한다고 하여
'여우 할머니'
곧이곧대로 한다 해서
'순진 아줌마'라 하지만

양도질도 엇비슷해
번갈아 가며 사
쌈 싸 먹는 맛은 같더라

# 복 짓는 일

행여나 로또라도 될까
복조리 돈 꺼내
로또복권을 샀건만
당첨은 남의 일인지
복 쪼가리 없게 꽝이 났다

행티* 사납게 부리는 일 없이
복을 지으며 살아야 한다는데
어떤 복을 어떻게 지어야
복 받을 수 있으려나

가진 것이라고는
누구에게나 웃어 줄 수 있는
얼굴밖에 가진 것이 없으니
헤프다 할지 모르겠으나
그저 웃어 줄 수밖에 없다

# 개의 별*Dog Star

내 꿈의 정원에서
언제나
비긋이* 웃어주는
빛나는 너를 본다

바람 따라
구름을 가르는
웃음의 물결 속에
유난히 환하게 웃는 너

너는 보았니
너를 본 기쁨에
달콤한 꿈속에서
헤매고 있는 나를

나도 나에게 빛이 되고
너에게도 빛이 되는
밝고 고운 빛이 되고 싶다

# 벚꽃 잔영

분홍빛 솜사탕 같은
달콤한 터널 속에서
사람 사는 이야기로
웃고 울고 짝자그르*

예쁘던 굴 허물어져
멀미 나게 휘날리니
꽃이 눈이 되는 걸까
눈이 꽃이 되는 걸까

바람 이는 춤사위에
눈 시리도록 아리고
보는 사람 허전하게
봄날은 이렇게 가나

짧은 인연 아쉬워서
뿌질뿌질*그리울 때
구름이 고운 꽃 피워
봉싯대며* 다가온다

# 상사화 연정

기다림이 길면 멍울졌다가
그리움이 크면 벙그러지나
냉가슴 앓게 하더니

곱고 붉디붉은
명주 민저고리 입고서
사뿐사뿐한 발걸음에
방긋방긋 웃으며 온다

기왕이면
멋진 초록 스란치마까지
입고서 온다면 더 좋을 것을
아쉽지만 어떻겠니

너의 불그스레한 연지 볼에
고운 낯꽃 웃음 어우러짐은
맺힌 가슴을 풀어내고
질화로처럼 따습게 하니
너를 볼 수만 있다면

그리 오더라도 좋고말고
너 있어 더 눈부신 가을
그때 우리 모두 손 맞잡고
영광 불갑 일원에서
부처나비와 함께
마당 춤을 추자꾸나

# 고독한 시간

단풍 익어가듯이
가을 외롭지 않게
술 익어간다

진한 커피 향보다
가슴 뛰게 하는
술 향기가 땅기는 들뜬 늦가을

단풍잎 사이로
바람이 비집고 달려와
술을 권한다

권한 술이
더 맛있다는 것을
바람은 어찌 알았을까

마음에 배인
신물 나는 외로움
비우는 술잔에 씻겨나려나

제목 : 고독한 시간
시낭송 : 박영애

스마트폰으로 QR 코드를 스캔하면
시낭송을 감상할 수 있습니다.

# 꿈의 가을

들과 산에 뻥 터진
들썩이는 웃음소리
풍요와 함께 피어나는
가을 빛깔의 꿈

날마다
그 웃음소리에 취해
기쁘게 살아가고자 하는
설렘의 꿈

세파에 시달려도
꿋꿋하고 넉넉한 웃음으로
물오른 단풍처럼
부드럽고 곱게 붉어지는 꿈

# 성장통

쓸쓸하고
고독하다고들 말하는
혼자서 걷는 구붓한 길

유리창에 붙은 빗방울이
홀로 살포시
빛나는 별을 숨겼듯

반짝이는 보석 같은
비밀을 간직한 채
혼자서 걷는 묵묵한 길

생각의 여유로움 속에
성숙해 가는
지혜로움이 깃든 걸음걸음

# 주전자

죽기 살기로
제 몸 달구며
뿌 ~ 뿌 ~뿌 ~
물 끓은 소리

귀에 거슬리지 않은
충성스럽고 다정한
배려의 소리

얼었던 마음을
녹여주는 찻물
소통과 공감의
시간을 갖게 하는 보물

# 알 수 없어라

삶은 종잡을 수 없는 바람
고운 흔적, 추한 흔적
제 마음대로 그리니
일비일희하지 말게나
뒤돌아보면
부절여루* 같은 바람 있어
그나마 견딜 만하지 않은가

삶은 물보다 부드럽고
철 수세미보다 까칠한 불
어느 때는 온화한 것 같다가도
별안간 두려움에 떨게 하여
종잡을 수 없으나
그나마 해와 달 있어
견딜 만하지 않은가

바람과 불의 풍경
우리 삶의 무게와 깊이를
달거나 잴 수 없게 하는
변덕 부리는 심술쟁이로
알아차릴 게 바이없다*

# 쇠기러기

무더위도 아랑곳없이
홀로 들녘을 지켜오다
일을 끝낸 허수아비
외롭고 쓸쓸하지 않게

황금 들녘 끝물에
끼룩끼룩 노래하고
마음껏 군무를 추며
귀한 손님 내려온다

가을걷이 때 흘린
낱알들로 쏠쏠한
재미를 느끼게 하니
빈곤 속에 풍요로다

# 봄 졸음

눈꺼풀 무게
이기지 못해

뒤 둥그러져
쏟아지는 잠

아기똥하게
뒤틀린 행티

흥흥거리는
콩 본 당나귀

졸음과 싸움
봄날의 재미

* 뒤둥그러지다 : 생각이나 성질이 비뚤어지다.
* 아기똥하다 : 말이나 행동 따위가 매우 거만하고 앙큼한 데가 있다.
* 뒤틀리다 : 꼬인 것처럼 몹시 비틀리다.
* 행티 : 행짜를 부리는 버릇.
* 콩 본 당나귀같이 흥흥한다(속담) :
　　자기가 좋아하는 것을 눈앞에 두고 기뻐함을 비유적으로 이르는 말.

# 꽃무릇

한솔* 부부로 한집 살림하면서도
서로가 보고 싶어도 볼 수 없어
토해낸 한숨이 바다를 이룬다

오는가, 목을 내밀어 봐도
기척이 없어 망연자실하는데
먼 길 가려던 뻐꾸기 슬피 울며 위로한다

토해낸 한숨이 선홍빛 피가 되어
간들바람 따라 산야에 흩뿌려져
임과 다정히 오지 않고 혼자서 왔다

사방에 이쁘다는 입소문 자자하나
서로를 그리워하는 마음에
제각기 애간장 녹아 문드러진다

제목 : 꽃무릇
시낭송 : 박영애

스마트폰으로 QR 코드를 스캔하면
시낭송을 감상할 수 있습니다.

# 한여름

잠자리 한 마리
뙤약볕이 더워
물 위를 맴돌며
가슴팍 적신다

구름 흘러가며
주고 간 그늘에
잠자리 앉아서
졸졸 졸고 있다

그늘 밖이 더워
바람 기다려도
한 점 가뭇없는*
바람에 속 탄다

# 눈 내린 날

어둑새벽에
하얀 나비 떼
칼바람 장단에
너울춤을 추며
사방팔방에
소복이 내려앉아
온기 한 점이
그리운 날이다

새벽바람에
괴나리봇짐 지고
오일장 가는
고부랑 할머니
나비 날개 밟았다가
넘어질 뻔해
적잖이 조바심을 돋운다

# 요술비

대지가
목말라 허덕일 때면
배고파 우는 아이에게 젖 물리듯
옥구슬 오케스트라의 하모니는
자박자박 더 금 더 금 스멀스멀
스며들어와 엉킨 타래 풀어내고

그새 오곡백과가 곰비임비*
알록달록 영글어 가
보는 이의 배는
먹지 않았어도 태산이 되니
병아리 눈물 같은
옥구슬은
산천초목을 들었다 낳다
웃고 울리는 광대

# 걱정 가마리*

사람들이 변해도
너무 많이 변해버렸다
정이 넘치는 사랑하는 사람 두고서도

죽자 살자 밤낮없이 끼고도는
너무도 똑똑한 껍딱지 같은
애인여기*를 따로 두고 사니
어째야 쓸거나 그 누구도
그만 헤어지란 소리 못 하는데
도대체 어떤 사정 있기에

어째야 쓸고
그나저나 다 그리 살면서
시도 때도 없이 쳐다보고
만지작거리느냐 정신을 놓다니
참말로 별꼴 다 보네그려

옆에 없으면 무슨 재미로 사냐며
안절부절못하니 타박도 못 하고
서로 슬금슬금 눈치만 보며 말없이
그저 손장난하며 노닥거리느냐
다른 데 신경 쓸 겨를 없다

# 멋진 노년

꽃이 부르기에
서둘러 갔더니
비에 젖은
초록 잎만 남겨두고
보이지 않더니

바람이 깨우기에
일어나 나왔더니
간 줄만 알았던
꽃이 환하게 반긴 줄이야

피웠던 꽃 지고 나니
이파리가 푸름이 짙어져
혈기 왕성한 젊은이처럼
풋풋하고 활달하던 풍경

햇살이 늙어 짧아지니
잎도 늙어 가는지
영바람*나 제멋대로 물들어
노년의 멋을 한껏 자랑한다

제목 : 멋진 노년
시낭송 : 최명자

스마트폰으로 QR 코드를 스캔하면
시낭송을 감상할 수 있습니다.

# 다짐이란 허구

망각이란 술에 취해
살아가는 것이
사람이라지만

아쉬울 때만
무릎 꿇고서
애걸복걸하다가도

맨정신이 들면
언제 그랬냐는 듯
잊고 사는 부끄러운
작심삼일의 순환 고리

당신의 속사임에
귀 기울이지 않은 죄인을
어린아이처럼
지극정성으로 보살펴 주는

희로애락에 연연하지 않은
대장부 같은 어머니, 어머니
당신이 있어 그나마
제정신 차리곤 한다

# 풀솜 할머니*

풀솜 할머니께서
인터넷에서 확인했다며
첫새벽에 전화했다

축하한다
우리 외손주라는 목멘 소리
그저 좋아 눈물이 난 것일까

집에 한 번 왔다 가렴
보고 싶어, 설친 잠
이제 편히 한숨 자야겠다 한다

먼저 간 외할아버지께
영감, 잘 키웠지요
입속에서 오물거리는 소리
전화기 너머로 들리는 듯한 어감

힘이 절로 솟아나는 듯
어깨를 들썩이며 당당하게 걷는
풀솜 할머니의 환한 모습
어서 보고 싶어라

# 깜박 잊힌 세월

살갑게 넣어두고
잊어버린 세월

늦가을 나무에
달랑 한 잎 붙어

흔들거리는
쓸쓸한 풍경

문득 책갈피를 뒤적이며
외로움을 잊으려는
잎사귀의 뒤안길

계절 또한
한때의 시간이 지나면
그냥저냥 또다시 오겠지

# 가을 끝자락

단청 빛 산과 들에
목어가 한창 신이 났다

죽비소리 없어도
커다랗게 눈을 뜬

빛과 빛 사이사이로
오밀조밀한 잎새가

가슴 설레게 하니
가을 고독이 스르르
무너지는 것을 본다

서리서리 서리꽃
가을과 겨울의 이음줄
반가운 해후를 위한 전주곡

# 어쩌지 못해

숨 멈출 것 같은
무덥던 하루 햇볕
서쪽으로 넘어가니
그나마
다행인 줄 알았더니

달빛 그윽한 밤
시원한 기운은 어디 가고
달구어질 때로
달구어진 찜통을
혼자서 옮기기에 버거웠나
그대로 두고 간
노을빛 하늘 미워라

그렇다고 어쩔 건가
힘겨운 삶이라서
넉넉한 마음은 아닐지라도
그게 순리라고들 하니
나절로* 행복하여지려면
참을 수밖에 없다

# 못 알아챈 실수

허욕의 부림을 받지 않아야
비로소 보인다는데
예쁘고 멋지게 보이고 싶어
고치고 고치는 것에 능하니

주인공은 나지만
가림막이 있어
나를 알 수 있게 투영되는 것은
아무것도 없다

보인다 해도 허상으로
엊그제 보았던 본모습은
증·개축공사로 누가 누군지
긴가민가 얼른 알아차릴 수 없다

참모습은 보지 못하고
허상만을 보아야 하니
과연 쓸모가 있을까
거울을 확 깨버리고 싶다
혹여
저승사자마저 실수하지 않을까
두렵고, 두렵다

# 놓지 못한 미련

가지 많은 나무
바람 잘 날 없듯
삼백예순다섯 고갯길

로또라도 될 것 같던
첫 고갯길 무지개 꿈
눈에 선하건만

넘을 적마다
이제나저제나 이루어지려나
노심초사하다 문드러진 가슴

쉬지 못하고
벌떡벌떡 넘고 넘었더니
그새 끄트머리 낭떠러지

잘 먹고 잘 놀기라도 할 것을
후회한들 집 나간 년이
면목 없어 돌아올 일 없으니
용꿈 이룰 새 년을 반길 수밖에

제목 : 놓지 못한 미련
시낭송 : 박영애

스마트폰으로 QR 코드를 스캔하면
시낭송을 감상할 수 있습니다.

# 설날 아침

밤낮으로
잘하고 못하고
훤히 다 알고 있어

잘한 것보다
못한 것이 더 많지만
지적질 않고 있던
해와 달이

설마 단댓비람*에
지청구야 하겠느냐며
가슴앓이로
쓴웃음이야 짓겠지
괘념치 말라 한다

# 우매한 초짜 글귀 요리사의 넋두리

시를 쓰는 일
요리하듯 하면 된다기에
온갖 재료를 준비해
정갈하게 다듬고 잘라내고
지글지글 볶고 보글보글 끓여가며
맛을 보니 그게 아니다

볶고 또 볶고, 보글보글 끓여
갖은양념에 버무려 모양내고
수없이 맛보기를 거듭하며

뜸 들이고 있다가
그만 다시 꺼내 볶고 끓여가며
단맛, 짠맛, 신맛, 쓴맛, 매운맛의
오미五味가 잘 어우러지게
빚어졌다는 생각이 들어

푸짐하게 한 상 가득히 올렸으니
이것저것 맛을 보고 그중 한 가지만이라도
맛도 좋고 재미도 있는
'일품요리'라는 말 듣고 싶어 하는
우매한 초짜 글귀 요리사의 넋두리는
가당찮은 욕심에서 나오는 것인가 보다

# 걷어내자 휴전선

보이지 않는 올무에 걸려
한 맺혀 살아온 칠십여 년

아무나 어느 때고 오갈 수 있게
덫을 걷어낼 날이 언제쯤 오려나

아른거리는 얼굴 그리며
잠 설쳐가며 손꼽아 보던
구순의 노모

북녘 하늘 바라보며
길어진 한숨에 숨 가빠도

만날 수 있다는
가슴에 간직한
사라지지 않을 희망의 무지개

# 말 많은 세상

나무는 할 말이 없다
앙상할 때는 앙상한 대로
무성할 때는 무성한 대로
떨어질 때는 떨어지는 대로
마냥 기뻐하지도
마냥 슬퍼하지도 않는다

사람들은
봄엔 파랗다 여름엔 푸르다
가을엔 형형색색의 단풍이다
겨울엔 볼품없다 하지만

자신에게 주어진 삶에
온 힘을 다할 뿐
불평 한마디 하지 않은데
사람들은 실없이
이러쿵저러쿵 말도 많다

# 계절의 경계

기척 없어
기연가미연가*했더니

비바람이
손사래를 치니

따스한 햇볕에
도톰한 옷을 홀딱 벗고

은은한 향기를 머금은
봄날이 한가득 밀려온다

# 무참無慚하게

울타리 위의 홍시
침 꼴깍 넘어가게
불그스름 농염하여

깨금발 짚고
몰래 따려다

그만
개가 짖는 바람에
감빛 얼굴이 되어

급히
쪼그려 앉으려다
꽈당 넘어졌으니
아이 부끄러워라

# 동무 생각

허리에 질끈 동여맨
얽히고설킨 타래 속
빼곡히 두른 이야기
뫼도 들도 따라나선
어린 날에 놀던 동네
어서 가자 빨리 가자
언제든지 같이 가자

몰라보게 바꿨어도
그날의 이야기들이
사라지지 않고 있어
한 모금 술에 취해서
입방아 찌어 대면서
되는대로 지껄이는
어릴 적이 그리워라

# 어둑발*


세찬 바람에
그미의 빨간 목도리
낙엽이 되어 내려앉아
시린 땅을 뜨겁게 달굴 때

서녘 하늘을 넘으려다
아쉬워라 미적거리던
틈사구니에서 꺼져가던
불그스레한 관솔불

시간의 덮개만을
남겨둔 채
어둠의 미로로
줄행랑을 쳤나 보다

# 문드러진 애

생과 사를 모르는
지아비의 따뜻한
훈기 잊지 못해

아랫목 이불속에
그리움 한 조각과
밥 한 그릇 묻어두고

빌고 빌다가 잠든
일흔 해를 지내는 동안
풀지 못한 수수께끼

구부러지고 곯았던 허리
나뭇가지에 걸린 반달을
업기에도 버거운 서글픔

맺힌 응어리 풀 수 있는
그날이
오기는 오려나

제목 : 문드러진 애
시낭송 : 박영애

스마트폰으로 QR 코드를 스캔하면
시낭송을 감상할 수 있습니다.

# 금빛 물결

고고한 자태에
취하게 하는
가을 오색 조각보

부귀의 상징
선명한 황금빛 부채

고개 숙여
낮은 곳으로
내려앉는 여유로움

그러기에
더 빛나는 이름들

우김질에 끼지 않는
발칙한 일탈의 행복

# 경험하지 못한 시간

사랑이란
서로
다른 생각에
다른 말을 하며
무심코 지나쳤으나

어느 때부터
같은 생각에
같은 말로
익숙하게 길들어져
함께 부대끼는 시간

# 작심 삼초作心三秒의 위대함

길다면 길고
짧다면 짧은 시간

모든 것을 일순간에
바꿀 수 있는 신의 손

결정적인 순간마다
있어야 할 긴한 이음새

좋고 나쁨을 가르는
잊지 못할 짧은 외침

# 선홍빛 단풍

누구를 위해
뭘 했기에
그리 얼굴 붉히셨나요

많고 많은 사람이
예쁘다 입방아 찧어서
그게 부끄러웠나요

땅심을 위해
내려놓으려다
겸연쩍음을 감추려
그리되었나요

땅에서 와 땅으로 가는 것이
순리라지만
날씨 탓에 재우쳐*가려 하니
뭉클함은 어쩔 수 없나 봐요

# 틀어짐

약속은 하지 않았어도
오며 가며
만나기를 기대했으나

가고 오고 했을 건만
알아채지 못했으니
기약 없는 기다림일세

언약하지 않았으니
변할 것 없기에
세월도 흐르지 않았겠지

사람과 사람 사이
찰나처럼
짧은 틈새인 줄 알았더니
농구공으로도 막을 수 없는
커다란 틈일 줄이야

골똘히 생각하니
세월이 꽤 많이 흘러버려
큰 짬새*를 메꿀 방도가 없다

# 상부상조

계곡을 흐르는 물
부딪치는 소리 없다면
물 있되 물 없고

잔잔한 호수의 물
빛나는 햇살 없다면
물 있되 윤슬 없듯

물의 청정함이
흐름의 자극 없이
과연 빛날 수 있을까

맞물린 톱니바퀴의
끊임없는 나댐이 있기에
조화로운 일상도 있겠지

# 그리운 봄

햇볕 분수噴水 덕에
생기가 돈다
봄이 오는 신호다

빨리 오려던 입춘대길은
안쓰럽게도
시샘하는 추위로 지각하고

지축을 뒤흔들며
새싹이 고개를 내미니
집 나갔던 우수雨水가 돌아오니

장거리 여행을 떠났던
경칩驚蟄이 곧 도착한다고
개구리가 뛰어나와 알린다

음색 다른 알람 소리에
활개 치며 솟아나는 봄기운
연둣빛 기차를 타고 온다

# 꽃샘추위

요맘때면 언제나
추억의 솥단지를
하늘에 걸려 하지만

소풍 나온 벌 나비
노릇노릇 노란 개나리꽃에
말을 걸고

개나리와 벌 나비
그렇고 그렇다는
입소문 내기 바쁜
바람의 바람잡이에

우선
조바심을
게 눈 감추듯이
감출 수 있다면 좋겠다

# 사랑한다면


보고 싶을 때
보겠다고
책갈피에
묻어두고
잊어버렸다가

문득 불그스레한
오색별을 보니
내게 골부림*하던
그대 생각이 떠오르네

인생 칠십인 지금도
그대 보면 가슴 뛰고
얼굴이 붉혀진다

# 시월 시제時祭 단상

감 대추 밤 명태포에
사과 배와 떡과 술 등
시대가 시대라서
참으로 간편해서 좋은데

우리 조상들
세계화 덕분에
바나나와 파파야 등
외국 과일을 맛보시고

몸에 맞지 않아
탈이 나지는 않았을까
걱정했지만
꾸짖음 없으니 다행으로

시류에 따라 그곳도
개방 물결이 불었나
쉽게 감응해 주니
애간장 태울 일 없어 좋다

# 가을 선물

볕과 바람이
사방팔방 산과 들에
수채화를 걸어 놓았다

무지개색, 황갈색
색색의 조화로움
빼어나게 예뻐
한 폭 사 걸어두고 싶지만

오래 간직할 수 없어
못내 아쉬워서
눈도장 찍어 눈에 넣어 두고
생각나면 꺼내 보아야겠다

# 말발의 힘

반듯한 이름 있으니
하찮다고 함부로
들꽃, 풀꽃이라
부르지 말라 하기에

볼 때마다 정겹게
이름 불러주었더니
방실 덩실 웃으며
반갑게 인사를 한다

천 냥 빚을 갚는다던
고운 말씨의 힘
참으로 대단하다

# 공존과 상생

벌의 땀방울로
이룬 벌꿀
인간에게 단맛을
선물하려는 배려와 희생

우리는
누군가를 위해
무엇을 배려하고
희생하며 살고 있지

한사코 바동대*는
생각일 뿐이다

# 인생 여정

우리는 모두가 자신의 꿈을 이루려
같은 날 같은 시각에
거리 삼천백오십삼만 육천 촌음의
장거리 장애물 경주에 나선다

쉼 없이 달려야 하는 난간 속에서
수많은 장애와 고난을 이겨내며
소망을 이루려 결승선을 향해
느긋하게 달리든, 초조하게 달리든

목표를 이루었든, 못 이루었든
다 함께 같은 날 같은 시각에
여지없이 결승선을 밟게 된다

경주는 단 한 번으로 끝나지 않고
살아있는 동안 계속되는 큰 선물이니
성취했다 자만하거나 실패했다 좌절 말고
자신을 믿고 망년忘年하고*

소박한 바람을 이루기 위해
한눈팔지 않고 꾸준히 내달린다면
매해 원願을 이룰 수 있다 하니
가슴에 초롱불 하나 밝혀 놓고
다짐의 손가락 걸어 보고 싶다

# 낙엽의 변신

속절없는 나달*에
짤막한 해 그림자의
고즈넉한 풍경이
서산마루에 걸리고

아슬아슬 시린 가슴
계곡물로 인해 더 시리지만
몹쓸 소리에 찌든 귀와
몹쓸 것을 본 눈을 씻고
청정하긴 바라는데

소슬바람*에 지는 이파리
흐르는 물에 흠뻑 취해
늦가을 연꽃으로 피어나니
닫힌 가슴 환히 열린다

# 언중유골

살다 보면 허접스럽게*
이런저런 좋지 않은
남의 말을 많이 하여
어리둥절하게 하는 세상

그 말의 무게
가볍고도 가볍지만
야단법석 시끄럽고
불화를 키우는 골칫덩어리

질풍노도에도
꿈쩍도 하지 않을
진중한 말 오간다면
세상 살맛 나려나
기대해 보련다

# 뒷말하지 말게

나 멀리 떠났다고
끼리끼리 모여
흉보지 말게나
당한 사람 심정 아는가

내 뒤따라오고 나면
자네 흉볼 것 뻔한데
그렇다고
좋은 말만 하라는 것 아니네

모였다 하면
남의 말 하기 너무나도
좋아하는 세상이라
말수를 줄이라는 것이네

이곳도 와이파이가
언제고 빵빵 잘 터지니
알아야겠다고 생각하면
금방 다 알 수 있다네

# 같은 듯 다른 생각

아이들은 눈 내리고
산타할아버지 오길
눈 빠지게 학수고대하고

연인들은
어깨를 부딪치며 함께
걷고 싶어 안달이 나고

마실 나갈 엄마는
미끄러울까 봐 조바심에
어서 빨리 녹길 기다리는데

시간은 기다려주지 않고
쏜살같이 눈 깜짝할 새
미련 두지 않고 도망쳐가지만

엄동설한이 자기 뜻대로
그럭저럭 어서
지나갔으면 하고 바라는
사람이 더 많다더라

# 뜬 생각

겨울 한때의
낭만을 즐기고자
학수고대 기다리던
눈은 내리지 않고

강추위가 몰려와
몸도 마음도
덩달아 춥기만 하더니

봄날처럼 포근히다가
을씨년스럽게
비를 사흘씩이나 쏟아붓는데

늦겨울 비라면
새봄이 곧 오겠지 하고
기분이라도 가벼울 텐데
미적대니 부지하세월*이다

# 초겨울 정취

봄여름 내내 그토록
왕성하게 푸르던 잎

혼인날 신부처럼 곱게
오색 무지갯빛으로 단장하고서
하객을 반갑게 맞이하더니

기운이 점차 쇠해가니
추레해진 몸뚱이를 씻고
갓 나온 여인처럼
하얀 속살 드러낸 나무들

지치고 노곤하여
이제 긴 잠을 자려
슬그머니 눕더니

말없이 잠들었다고 서운해 말고
따뜻한 봄 기운 밀려오면
다시 함께 한세상 살아보자 한다

# 가을밤이면

세월 멈출 수 없다면
바람이라도 멈출 수 있다면
좋으련만 방법이 없다

홀로 지새우는 밤의
처량함에서 고요함은 오나
연륜의 지혜로움을 간직한

대숲은
청정힘을 닮아보라며
사각사각 노래를 부르고

추워도 추운지 모르고
긴 밤 지새우려는
외로운 푸른 잎새

굿뜰이˚와 함께
바람 장단에 가무를 즐기니
흥이 나서 날 새는 줄 모른다

# 황홀한 풍경

귀뚜라미 울기에
가을인가 했더니
무더위 여전하나
시원한 바람 속에
들려온 기쁜 소식

눈부신 단풍 절경
짧고 짧은 머무름
아름다운 전경을
파김치 되더라도
눈 속에 새겨두리

# 겨울 풍경

찬바람 씽씽 부는
깔크막 고샅길
고욤나무 열매
추위를 이겨내려

거꾸로 매달려
대롱대롱 덜덜 떨며
애잔하게 울부짖는
에밀레종, 종소리

# 짓궂은 비

변덕쟁이 날씨에도
설 대목을 볼까 해
갖가지 제수용품을
준비해둔 노점상

누구 속 터지는 걸 보려나
하필 이틀을 남겨두고
종일 겨울 장대비로
손님 발길 뚝 끊어놓자

뾰족한 수가 없어
하늘도 무심하다며
내일이야 괜찮겠지
넋두리하면서도
손 놓고 그저
기다리고 기다린다

# 동병상련

근심 반 걱정 반에
길이 막혀 늦어지겠지 하며
불 밝혀 놓고 기다리다
잠을 청해 보지만

빈손에 맨몸으로 온다 해도
그지없이 반가울 뿐인데
끊이지 않은 온갖 잡생각에
뜬눈으로 밤을 지새운다

떡국이 식을까 봐
떠 놓지 못한 아침상 빈자리에
덩그러니 놓인 수저 한 벌

측은한 마음에
전화기를 들었다 놓았다 하다
제 속은 오죽하겠나 싶어
미어지는 마음속 슬픔을 감추고서
눈물 훔치며 방을 나서는 어머니는
슬금슬금 눈치 보던
바둑이를 덥석 안고 대문만 바라본다

제목 : 동병상련
시낭송 : 박영애
스마트폰으로 QR 코드를 스캔하면
시낭송을 감상할 수 있습니다.

# 정월 대보름날 아침

일찍 일어나 부럼을 깨물고
오곡밥에 묵나물* 등으로
배불리 먹고서 집을 나와

동무 영수를 부른다
영수야, 왜
네 더위 내 더위 다 가져가라

영수, 오메 나 망했다
울상이 되어 밖으로 나와
만만한 금동이를 부르러 간다

영수가 더위를 팔았을까
궁금해하면서도
의기양양해 집으로 돌아오며

정말 여름 더위를 타지 않을까
고개를 저어가며 기쁜 듯
궁따*느라 입속말로 중얼중얼

# 이(2)월

나는 봄을 알리는
입춘을 품고 살며
훈풍을 몰고 오는데

치수가 짧다고 흉보지만
뭘 보태준 적 있나
나로 인해 행복할진데

하루라도 빨리 꽃을 피우려
3월이 머리채 잡아당겨서
그렇다고들 입방아 찧지만

아니야, 훈풍이 몰고 오는
파란 서슬에
겨울 더러 봄 시냇물을

꾸물대지 말고
무탈하게 건너라고
제 몸 기꺼이 잘라낸
착하디착한 징검다리

# 오는 봄

며칠째 볕살이
제법 따사롭더니
벗었던 내복을
찾게 하더니만

다소곳이 내밀던
잎눈과 꽃눈도
한기를 느꼈던지
자라목이 되었으나

조만간 눈 부신 햇살 덕에
푸릇함과 봉긋함으로
너털웃음을 웃으며
우리 곁에 다가오겠지

# 거제 동백섬

누구나 반겨주는
마음 심心(자)를 빼닮았다는
거제 팔경 지심도

하늘도 보이지 않는
빽빽한 숲길 사이
쌉싸름한 흙냄새

달콤한 동백꽃 내음에
매혹적인 새들의 노래
나무 위에도 땅 위에도
붉은 꽃잎으로 물든 섬

해식 절벽의 아름다운 풍경에
애틋함이 묻어 나는
서로 다른 연리목 사랑나무

'그대 발길 돌리는 곳'에서
꽃망울 잘 터진 붉은 꽃잎
푸른 물 위에 띄워 보내
한껏 멋 자랑을 펼쳐 보이리

* 지심도 : 거제군에 속한 작은 섬
* 해식 절벽 : 해식과 풍화 작용에 의하여 해안에 생긴 낭떠러지.
* 연리목 : 두 나무의 줄기나 가지가 서로 맞닿아서 결이 서로 통한 나무.
* '그대 발길 돌리는 곳' : 지심도 끄트머리에 있는 푯말.

# 내키지 않은 길

겪어본 적 없고 당해본 적 없어
누구나 두려움을 갖기 마련인
미망의 세계로 가야만 하는 길

혈기 왕성하던 시절 지나
희끗희끗 흰머리가 보여
힘없는 늙은이로 변해 가면
달랑 이름 석 자 남겨 두고
꼭 가야만 하나 망설여지는 길

앞서간 이들도 가슴 먹먹하고
낯설고 겁나고 무서웠겠지만
먼저 가 돌아온 이 없으니
지레짐작 괜찮을 거라면서도
찝찝해도 가지 않을 수 없는
누구나 가야만 하는 숙명의 길

처지에 따라 일찍 혹은 느지막이
곤혹스럽게 또는 편하게 갔을 길
어떻게 갔던 맘 편히 지내려면
지금 무엇을 어떻게 해야 할까
그 길을 묻고 답을 듣고 싶어라

# 오가는 정

손주 놈이 풍열을 앓더니
양 볼에 오가리 손님* 들고

가뭄 타던 무잎
오가리* 들어 속상하지만
쓸만한 것 가져다
오가리솥*에 넣고 삶아 말려
무청을 만들고

정월 대보름날이리고
오가리 속에 잠자던
호박오가리에 취나물과
고사리에 아주까리 잎
뽕 이파리, 무청 등을 꺼내
묵나물* 묻혀놓고

마을복지관에서
오곡밥을 먹자고
이웃에게 손 오가리*를 하고서
목청껏 소리를 질러댄다

# 종잡을 수 없는 바람

허공을 나르는
비행기는
항로를 따라다닌다

두루미 독수리도
항로를 따라
남과 북을 오고 간다

그렇다면
바람도 정해진
길을 따라다닐까

홀래바람* 불 때 보면
갈피를 잡지 못하고
마음 내킨 대로 다닌다

그래서
바람이 나면
무섭다고들 하나 보다

# 뭐가 어쨌다고

발걸음을 재촉하여
배 탈 시간에
딱 좋게 도착했으나
배곯아 요기 좀 하려다
놓쳐버렸으니

기왕지사 욕심에
후식으로 나온
밥보다 배나 더 맛있는
배 불뚝한 접시에 담긴
시원한 배까지
게걸스레 먹고 나니

너무 갑작스레 먹었을까
배가 터질 듯 불러
너울성 파도가 밀려오듯
뱃속이 울렁이고 요동치니

여태껏 먹고 싸고 하느라
미적대다 오르지 못했는데
마지막 배마저 놓칠까 걱정이다

# 어우렁더우렁*

파릇파릇한
냉이, 민들레, 취나물을
갖은양념에 쓱싹 버무려
한 양푼 상위에 올리니

입맛 없어 하는
할머니 입맛 돌아왔나
깨고소한* 향기로운 봄을
잘근잘근 오물거린다

며느리의 정성에
잘 먹었다는 말없이
헛기침으로 대신하는 할머니
서로 잘 통하는지
두 얼굴빛 곱디곱더라

# 율동의 하모니

따사로운 햇살
힘찬 기지개에
봄을 여는 소리

간밤에 내린 비
선잠에 깨어난
노란 싹 뾰족이

파랗게 파랗게
맑고 곱디고운
아름다운 선율

땅과 나무에서
비집고서 나온
힘찬 생의 의지

# 가을날의 동화

시원스러운 들 바람에
소담하게 바람을 타며
넘실대는 들녘

농부의
가슴을 뭉클하게 하는
어거리풍년*이든
황금빛 풍경

얇은 사색에
홰를 치듯 한
따스한 햇살에
넘실대는 금모래 빛 물결

풍요로움에
빠져드는 무념의 생각
오색단풍의 현란함에
들뜬 가을의 넉넉함

# 상생의 길

인간
탐욕에
파괴된 생태환경

그렇다고
역병으로
앙갚음하면
악순환이잖아

서로
잘못 바로잡고
더불어 살자꾸나

# 행복의 상대성

화를 돋우면은
스트레스 쌓여
몸을 망치지만

꽃씨를 심으면
꽃이 피어나듯
웃음꽃 피면은

마음 평화로워
보석보다 값진
아름다운 세상

우리 마음속에
감추어진 보물
꺼내 써야 보배

# 곱씹는 아쉬움

나라를 지키라는 부름을 받고
젊은 무리에 뒤섞여 들어가는
걸음걸이야 의젓하였으나
허우룩하여* 어처구니없게도
입이 얼어붙어 말 한마디 못 하고

눈물 콧물만 훔치다가 왔더니
마음이 조마조마 뒤숭숭하여
이리저리 꼬리 무는, 데생각*에
해맑은 아들이 눈에 삼삼하여
밤이 이슥토록* 잠을 잊었다

마음에 두고서도 꾀꾀로* 하지 못한 말
텅 빈 가슴에 텅 빈 그리움으로
불을 밝혀 무릎 꿇고 두 손 모았더니
뒷마음이 느즈러져 영산 오르니*
시름이 사라져 자크르하다*

* 허우룩하다 : 마음이 텅 빈 것같이 허전하고 서운하다.
* 데생각 : 찬찬히 규모 있게 하지 아니하고 얼치기로 어설프게 하는 생각.
* 이슥하다: 밤이 꽤 깊다. 지난 시간이 얼마간 오래다.
* 꾀꾀로 : 가끔가끔 틈을 타서 살그머니
* 뒷마음 : 어떤 일이 끝난 뒤에 가지게 되는 마음이나 생각
* 느즈러지다 : 긴장이 풀려 느긋하게 되다.
* 영산오르다 : (속된 말로)흥이 일어나 기분이 몹시 좋아지다. (고려대 한국어대사전)
* 자크르하다 : 정도에 딱 알맞게 좋다. (우리말샘/고려대 한국어대사전)

# 애타는 가슴

죽었는지 살았는지 몰라
길닦음*마저 할 수 없는
지아비*를 그리며

그리움 한 조각을
가슴속에 묻어두고
이 제나 저 제나
돌아오겠지 하며

일흔 해를 넘긴 기다림

꼬인 실타래 같은 삶에
뭉친 응어리 스르르 풀릴
그런 날은 언제나 오려나

오늘도
지나친 고리타분*함에
귀먹은 푸념으로*
고상고상* 하여 죽을 맛*이다

* 길닦음 : 죽은 이가 이승에 맺힌 원한을 풀고 극락으로 가는 길을 닦아 준다는 굿.
* 지아비 : '남편'을 예스럽게 이르는 말.
* 고리타분하다 : 하는 짓이나 성미, 분위기 따위가 새롭지 못하고 답답하다.
* 귀먹은 푸념(관용구) : 당사자가 듣지 못하는 데서 하는 불평.
* 고상고상하다 : 잠이 오지 않아 누운 채로 뒤척거리며 애를 쓰다.
* 죽을 맛 : 세상을 살고 싶지 않을 정도로 큰 고통이나 괴로움. (우리말샘)

# 오물대는* 설렘

너와 나 사이에 놓인
무너질 수 없을 것만 같던 돌다리
어찌하다 서로의 꿍꿍이셈*에
내려앉아 함께 건널 수 없다니

아무리 되작거려* 봐도
어려울 때 사랑옵게*
힘이 되어 줄 사람 없으니
외롭고 쓸쓸하지 않니

우리 한 발짝씩 물러나
따스한 손 맞잡고
부서진 다리를 다잡아 세워
그때로 돌아가 웃으며

언제고 저어함* 없이 하냥*
함께 건널 수 있게 돼
영바람* 난, 꽃피는 봄날처럼
아름다운 사랑으로
이어 갔으면 좋겠다

* 오물대다 : 말을 조금 시원스럽게 하지 아니하고 입안에서 중얼거리다.
* 꿍꿍이셈 : 남에게 드러내 보이지 아니하고 속으로만 어떤 일을 꾸며
　　　　우물쭈물하는 속셈
* 되작거리다 : 물건들을 요리조리 들추며 자꾸 뒤지다.
* 사랑옵다 : 생김새나 행동이 사랑을 느낄 정도로 귀엽다.
* 다잡다 : 다그쳐 단단히 잡다.
* 저어하다 : 염려하거나 두려워하다.
* 하냥 : "늘" "함께" 의 방언. 어떤 경우든 한결같이. (우리말샘)
* 영바람 : 뽐낼 정도로 등등한 기세.

# 띠앗*이 좋아서

서리 맞는 검붉은 고욤*
광* 시렁에 매달려
단맛으로 바뀐 주전부리

출출한 밤이면
광에 들어간 어머니
나오길 기다리는
짝을 이룬 다섯 눈초리

어머니 아버지는 둘씩 가지고
뒤쪽으로 물러나
아이들을
오달지고* 참따랗게* 바라본다

누가 시키지 않았어도
막내는 다섯, 셋은 넷
맏이는 셋

제삿날로* 막내는 제 것 하나

맏이 몫에 보태니 싸울 일 없고

웃음소리 그치지 않더니

예순 해가 지났건만 옛날과 똑같다며

띠앗 머리* 좋은 사이라 부른다

* 띠앗 : 형제나 자매 사이의 우애심.
* 고욤 : 고욤나무의 열매. 감보다 작고 맛이 달면서 좀 떫다.
* 광 : 세간이나 그 밖의 여러 가지 물건을 넣어 두는 곳.
* 오달지다 : 마음에 흡족하게 흐뭇하다
* 참따랗다 : 딴생각 없이 아주 진실하고 올바르다.
* 제사날로 : 남이 시키지 않은, 저 혼자의 생각으로.
* 띠앗머리 : '띠앗'을 속되게 이르는 말. (형제나 자매 사이의 우애심)

# 어쩔 수 없어

붙잡아도 가고
막아도 오는 것을
못 가게
못 오게 한들

오늘이 가고
내일이 오듯
떠밀려 오고 가는 세월을
죽을힘 다해
붙잡아 둘 장사 있을싸
아쉽지만 보내야 한다

# 엇나간 시간들

역병 창궐로 수척한 봄날
소태 같은 쓴맛 달아나게
깨 쏟아졌으면 좋겠는데
가을 아닌데 가능하려나

엇구수°하고 감칠맛 나는
온 산과 들에 핀 꽃향기가
지친 심사를 녹여준다면
꽉 막힌 가슴 뚫어지려나

푼더분하던° 그때 그리워라

# 난개발이 부른 참사

봄이 왔어도
꽃이 피었어도
눈물이 맺혀
마음 놓고
나들이 가지 못해

너를 원망한들
삐딱한 모들뜨기*처럼
우리만 생각한 과욕이
널 부른 것 같이
몹시 씁쓸할 뿐이다

# 덕분에

우리 모두의 안전 위해
조금 떨어져 지내는 것
불평 불만하질 말게나
크나큰 일을 당하느니

조금은 불편하더라도
이런 일쯤이야 괜찮지
다른 데로 눈 돌려보면
우리 처지는 낙원이지

똘똘 뭉쳐 넘어서려는
헌신과 봉사 정신으로
우리에게 믿음을 주는
그분들 덕분인 줄 알지

한국인이라는 자긍심
한껏 자랑해도 괜찮아
그렇지만 꼭 지킬 것은
생활 속 거리두기 실천

# 묻지 못한 4 · 16

젊음을 즐기며 마주 보는 웃음
꽃이 되어 피는 젊은이의 설렘

고개를 들어도 고개를 숙여도
향기 피어나는 꽃 무더기 세상

따스한 봄볕에 아름다운 꽃이
피고 지는 사월 머물고픈 시간

피려다 떨어진 가없는 영혼들
생각에 잠기면 저미는 가슴에

뜨거운 눈물이 텅 빈 가슴속을
헤집고 다니니 잊을 수 없어라

# 사랑의 꿈

사랑한다고 말하니
그렇게 알고 믿으면
그게 참사랑일까

허식적인 사랑도
사랑이라면
말 없는 말을
들을 줄 아는
백치미 같은
미더움에서일까

가식적인 사랑도
시간이 흐르다 보면
참사랑이 되려나

바리스타가
손님의 기호에 따라
커피를 내리듯
배려하려는
그런 사랑 찾을 수 있으려나

# 노모포비아*

생각의 틀을 키우려면 사색이 필요한데
사색보다 검색을 즐기니
별반 이용 가치 없는 지식 정보에 파묻혀
지혜가 자라날 자리가 없고
우리 정신을 지배하는 것이
사람인지 휴대전화기인지 모호하다

멀리하자니 눈도 손도 심심하고
잠잘 때도, 친구와 함께 있을 때도
화장실에 갈 때도, 길을 걸을 때도
전화나 메시지나 카톡이 올까 봐
옆에 끼고 자주 쳐다보고 하니
눈이 나빠지고 잠이 부족하고
친구 관계가 멀어지고
교통사고 위험에 노출된다

좋은 물건임은 틀림없으나
과도하게 사용하게 되면
나쁜 점이 많다는데
어찌하면 좋으려나 답을 찾을 길 없다

# 나를 톺아보기<sup>*</sup>

괜찮아
갈증과 목마름 절실해
만회할 기회 돌아와
곧 괜찮아질 거야

다
그렇게 사는 것을
다시 시작하면 되는걸
뭘 그리 초조해
초조해하지 마
초조하면 이길 수 없어

자신을 믿고
용기를 북돋아 줘
힘이 솟잖아
반드시 해낼 거야
마음아 사랑해, 마음아

# 한 맺힌 응어리

아, 그때 5월
우리는 주먹밥을 먹으며
그 어떤 보석보다도 빛나는
대동 세상을 꿈꾸었지

눈물을 반찬 삼아
울먹이며 삼켰던
짭조름한 주먹밥은
민주주의 꽃다발이었지

분열이 있는 곳에
사랑과 평화가 있기를
간절한 염원이 담긴
자비롭고 자애로운 주먹밥

사십여 세월 흘렀어도
주먹밥처럼 뭉쳐 풀리지 않는
독재 권력의 가혹한 폭력 덩어리
명사가 아닌 동사가 된 주먹밥
산 자들이 풀어야 할
난제難題 중에 난제로다

# 머무는 사랑

웃음은
사랑을
눈眼 속에 담고

입 고프지도
귀 고프지도
코 고프지도 않게

언제나
지금처럼
웃어주는 여유로움

# 봄날의 오수午睡

눈을 감으면
가물가물
무지갯빛 사연들이
날개를 달고
오르락내리락

머리가 혼란스러운 것은
아무짝에도 쓸모없는
일장춘몽에 지나지 않는
꿈 축에 들지 못한
봄날의 개꿈인가 보다

# 사랑의 빛을 찾아

메아리처럼
되돌아오지 않아
그저 쓸쓸하다면
어리석을 뿐

함께 있으면
시간 낭비 같아
재미없다면서도
막상 떠나면 그리울 뿐

애써 찾으려 헤매지만 말고
옆에 있을 때 시도해 봐
그렇지 않으면
심중을 헤아릴 수 없을 뿐

허무는 일은
신의 사랑에 울타리가 없듯
조건 없이 주고받는 사랑은
마음과 마음을 이어준다

# 씁쓸한 마음

분비던 산길 거리두기로
오가는 사람 드문드문해
걷긴 좋아도 적막함으로
기분 엉망에 다릿심 빠져
어수선하고 착잡한 마음
조마조마해 걱정 앞서네

잘났다 해도 못났다 해도
사람 냄새를 맡아가면서
언쟁도 하고 부딪혀가며
야단법석을 떨어도 보고
울고 웃으며 사는 것이지
별다른 방법 뭐가 있겠나

# 옛 추억

젊은 시절에 등산 버너와
반합을 지고 정상에 올라
긴 호흡으로 숨 고르고서

전경에 취해 흥얼거리고
누구는 지쳐 축 늘어지고
한쪽에서는 불 지펴놓고

신통치 않은 요리 솜씨에
정성스럽고 맛깔스럽게
뚝딱 차려낸 보잘것없고

하찮아 봬도 기통 찬 음식
게걸스럽게 먹고 마시던
호강한 입맛 잊을 수 없다

# 주저함

먼저 고백해
아니 내가 왜
괜히 긴장돼
싫다 할까 봐

미워해 본들
한탄해본들
그렇다고서
어쩔 것인데

붙잡지 못해
가슴 저민다

# 봄 미소

잎샘추위와
꽃샘추위로

억눌려봐도
용수철처럼

절기에 절대
순응하려고

툭 솟아올라
쫑긋 내미는

따사로운 봄
꽃들의 웃음

# 숙맥불변<sup>*</sup>菽麥不辨일까

세상살이가 좋아지려면
살아가면서 무심코라도
저주스러운 말하면 못써
부정보다는 긍정이 좋듯
고리타분한 사람은 싫고
유들유들한 사람이 좋아

좋으면 좋다 싫으면 싫다
말할 수 있는 세상이지만
제 말 만하고 듣지 않으니
억측만 남아 서로 피곤해
귀를 열고서 상대의 말을
들어보려는 노력 좀 해봐

# 반려 가족

집 밖으로 나간 주인이
귀가할 때마다 짖어요
보지 않고 발걸음 소리
자동차 시동 꺼짐 소리
애완견이 어찌 알까요

희롱하려 들지 마세요
저는 애완견이 아니죠
시각 청각 후각 등으로
난 당신의 얼굴과 소리
채취를 잘 기억한다오

당신과 나는 동반자죠
그러니 부탁드릴게요
'절 사랑한다' 말하려면
'가족의 일원으로
생각하고
절 아끼고 돌봐주세요'

# 생각한 대로

세상살이가 뜻한 바대로
이루어지면 좋겠지마는
그리되는 일 얼마나 될까
아니 되어도
내일이라는
새날이 있어 그나마 다행

바른 생각에 좋은 일들이
그른 생각에 나쁜 일들이
생각하기 따라 일어난다

안 되는 일도 잘 될 수 있게
꿈을 이룰 수 있고 없고는
자기 자신만이 할 수 있으며
모든 것이 잘되는 쪽으로
생각을 바꾼다면 되지 않을까

# 관두라 하고서도

하는 일마다 실패만 하니
다른 일 하려 의논해본들
부모가 쉽게 허락하겠나
당장 관두라 타박하겠지

양심 있다면 좀 진중하게
자숙하는 걸 보여준다면
사고뭉치가 무슨 일 있나

눈치 살피다 슬며시 불러
계획 있느냐 선 넘지 말고
한번 해보렴 그게 부모 맘

# 아네모네 Anemone

사월과 오월의 봄꽃
낮에 활짝 웃었다가
밤엔 슬며시 다문 입

호사롭고 아름다운
노랑 빨강 분홍 자주
하늘 하얀색 바람꽃

우리가 맺은 인연을
혼자서는 풀 수 없듯
이 생명 다할 때까지
영원히 사랑합시다

당신이
날 사랑하지 않더라도
저는 당신을
영원히 사랑할래요

# 행복한 인생

축제 같은 삶을 산다면
하루하루가 천국일까
거창하게 떠들썩해야만
축제일까

지나간 인생은
읽었던 페이지를
다시 찾아 읽을 수 없는
찢겨나간 페이지

근심 걱정은 묻어두고
흐름에 따라
롤러코스터를 타고
상승기류를 즐기듯이

찰나에 오는 순간을
즐기며 살면 되는가 보다

# 동해 지킴이

남과 북으론 마라도에서 백두산까지
동과 서로는 독도에서 비단섬까지
한 몸 한 핏줄 우리 대한의 땅
반만년 역사의 삼천리 금수강산

동해 난바다 중심에
해처럼 우뚝 떠 있는 너를
유독 얄망궂게* 무시로
노략질하려는 패거리가 있어
가끔 가슴앓이도 하지만
강치의 넋이 살아있는
천연보호구역의 아흔하나의 돌섬

변함없이 언제나 그랬듯이
세월과 산천도 알고 있는
한 치의 흔들림도 없는 우리 땅

시월 하고도 이십오일
너의 날과 너를 잊지 않고
영원히 너와 함께 하기 위해
우리가 한마음 한뜻으로 뭉쳐
믿고 의지하며 오순도순 살기 좋은
나라를 만들어야 하지 않겠니

# 육친(肉親)의 정

어즈버, 어즈버 웅장한 산 같은
파도가 무섭게 덮쳐와도
너의 천연덕스러운
굳건한 의지를 믿고 믿는데

너의 평안함이 우리 평안인 것을
더 잘 알고 있으면서도
제 잇속을 챙기려는
못된 이웃이 천산지산하는˚ 통에
복장 터지려 할 때 있으나

늠렬凜烈˚한 푸른 바람과
산처럼 솟구치는 거대한 파도에도
잠들지 않은 동해의 지킴이

누구도 갈라놓을 수 없는
오천 년을 동고동락하며
끊어지지 않고 꿋꿋하게 이어온
속일 내야 속일 수 없는
명실상부한 육친의 핏줄
무탈했던 수천 년의 지난날과
다가올 반만년의 무탈을 위하여 건배

# 스쳐도 인연

아무런 준비 없이
삼십 리 둘레길 나섰다
기진맥진 축 늘어진
날 물끄러미 쳐다보던

인심 좋은 길손이
넌지시 건네준 물을
낯 두꺼운 두꺼비처럼
넙죽 받아 마시려다 보니

그만 물속에
부처가 옷을 깁고
연꽃은 말없이
인자하게 웃고만 있더라

# 봄은 말言語이어라

지천으로 핀
갖가지 봄꽃 무리

저마다 봉싯봉싯*
정겨운 말이 되어

도란도란
꽃바람에 하늘거리니

고혹적인 눈 흘김에
넋이 나갈 수밖에 없어
말문이 꽉 막힌다

# 그러니저러니

바람 있어야
구름 춤추고

구름 있어야
바람 제구실해

서로 손 맞잡고
발맞춰 가며 추는

각양각색의 춤사위
시시각각 변화무쌍함은

수시로 변하는
우리 마음 같다

# 바이러스 나름

세계를 초토화한
코로나바이러스(19)
겁나고 무섭다며
불안하다고만 말고
자신을 지켜낸다면
모두를 지켜내는 일

만나지 못한다고
불평불만만 말고
서로에게 위로가 되도록
몸과 몸은 거리를 두어도
마음과 마음으론 전염시켜야 할
바이러스, 웃음꽃 바이러스

지킬 것을 지키면서도
언제든 웃을 수 있는
웃음꽃 바이러스는
얼어붙은 우리 가슴의
문을 따뜻하게 녹여
활짝 열어 줄 것 같으니
맘껏 웃음꽃 바이러스를
이웃에 전염시켜야 할 것 같다

# 마을복지관 풍경

제주댁 막내가
가져온 오메기떡
입에 넣고 오물거리며

복지관 할머니들
이 꽃 저 꽃 이야기꽃에
흥바람*신바람 나고

자식들이 빈손으로
그냥 오는 법 없어
거미줄 칠 입 없으니

실꾸리에서 실 나오듯
끊어지지 않는
자식에 대한 칭찬 이야기꽃
피는 날은 있어도
지는 날은 없다더라

# 꼬부랑 엄마

머리에 내린 서리
녹지 않고
얼굴엔 골 깊은 이랑
어눌한 말씨와 굼벵이 걸음
우직하고 듬직한
등 굽은 소나무

구십여 년을
오직
자식 위하는 마음에
잔고장을 무시하고
무리하게 쓰고 섰으니
그럴 만하다

땜질도 대수선도
어찌할 방도가 없게
망가졌으니 낭패라서
송구하고 후회막급하다

# 지혜로운 노년

너무 죄다 알려고
나대지 마
낯살이 얼만데
참견해서 뭘 하려고

춥지도 않은데
비 맞은 수탉처럼
잔뜩 웅크리면서도
나서서 용쓰겠다고

토라지지만 말고
늙어도 곱게 늙어야지
추하게 늙으면 쓰나
남사스럽게*

한 사람만이라도
알아주면 다행이지
아서라 나댄다고
누가 알아줄까 봐

# 비교 불가

잔잔한 물 위를
퉁 퉁 퉁 퉁기며
생채기를 내도
화를 낼 줄 모르니
튕기는 맛에 빠져
그칠 줄 모르고 뜨고 뜬다

가만히 있는
내게 누군가가 막말로
계속 생채기를 낸다면
화내지 않을 수 있을까

튕겨 나간 돌
힘 빠지면 가라앉듯
버럭 냈던 화도
힘 빠지면 가라앉으려나

# 인연이란 마음자리

누가
옷깃만 스쳐도 인연이라 했나
옷깃 스치지 않았어도
내가 억지 부리지 않았어도
좋고 나쁘고를 떠나
모르는 사이에
한자리 떡 비집고 들어와
끊을 수 없는 고리로 얽힌 것을

좋은 인연이 나빠지고
나쁜 인연이 좋아짐은
바람이 변덕을 부리듯
시류 따라 인연도 변하니
옳고 그름을
누가 판단할 수 있으려나

살을 에는 고통을 주었던 인연도
잊을 수 없는 애틋한 인연도
인연은 인연이니
허허실실 웃어넘기며
마음 밭을 청정히 하여
다람쥐 쳇바퀴 돌 듯
돌다 보면 좋아지려나

제목 : 인연이란 마음자리
시낭송 : 최명자

스마트폰으로 QR 코드를 스캔하면
시낭송을 감상할 수 있습니다.

# 여태 하지 못한 말

어머니
당신께 차마 하지 못한
사랑한다는 말

어머니도
제가 훌쩍 커버리자
하지 못한 말
역시 사랑한다는 말

서로가 여태 말 못 했어도
얼굴빛만 보고서도
이심전심으로
전류가 짜릿하게 흐름은 알지요

사라지지 않을 무지개 같은
어머니, 어머니, 나의 어머니
진심으로 당신을
변함없이 사랑하고 사랑합니다

## 🐶 애매한 낱말 풀이

**구증구포** : 약재를 만들 때에, 찌고 말리기를 아홉 번씩 하는 일. (p.11)

**적바림** : 나중에 참고하기 위하여 글로 간단히 적어 둠. 또는 그런 기록. (p.14)

**애젊다** : 앳되게 젊다. (p.14)

**흰수작** : 되지 못한 희떠운 짓이나 말. (p.15)

**허텅지거리** : 상대편을 꼭 집어내어 바로 말하지 아니하고 하는 말. (p.15)

**떡두꺼비** : 복스럽고 탐스럽게 생긴 갓 태어난 사내아이를 이르는 말. (p.16)

**덩두렷하다** : 매우 덩실하고 두렷하다.(뚜렷하다). (p.21)

**새치름하다** : 쌀쌀맞게 시치미를 떼는 태도가 있다. (p.22)

**왁자하다** : 정신이 어지러울 만큼 떠들다. (p.23)

**행티** : 행짜(심술을 부려 남을 해롭게 하는 행위)부리는 버릇. (p.25)

**개의 별(Dog Star)** : 시리우스Sirius란 '개의 별', 또는 '가장 밝은'이란 뜻을 담고 있음.
["누구나 천문학" 저자/찰스 리우/역자/김충섭. 출판사/Gbrain/2012.9.5.)] (p.26)

**비긋이** : 한쪽으로 약간 기울어지게.(고려대 한국어대사전) (p.26)

**짝자그르** : 소문이 널리 퍼져 떠들썩한 모양. (p.27)

**뿌질뿌질** : 매우 속이 상하거나 안타까워서 자꾸 몹시 애가 타는 모양. (p.27)

**봉싯대다** : 소리 없이 예쁘장하게 조금 입을 벌리고 자꾸 가볍게 웃다. (p.27)

**벙그러 지다** : 갈라져서 사이가 뜨다.(우리말샘/규범표기 : 벌어지다) (p.28)

**부절여루不絕如縷** : 실처럼 가늘면서도 끊어지지 아니하고 계속 이어짐. (p.34)

**바이없다** : 어찌할 도리나 방법이 전혀 없다. (p.34)

**한솔** : 아내와 남편. 부부. 팍내. 가시버시.(오픈사전) (p.37)

**가뭇없다** : 보이던 것이 전혀 보이지 않아 찾을 곳이 감감하다. (p.38)

**곰비임비** : 물건이 거듭 쌓이거나 일이 계속 일어남을 나타내는 말. (p.40)

**걱정가마리** : 늘 꾸중을 들어 마땅한 사람. (p.41)

애인여기(愛人如己) : 남을 자기 몸처럼 사랑함. (p.41)

영바람 : 뽐낼 정도로 등등한 기세. (p.42)

풀솜할머니 : '외할머니'를 친근하게 이르는 말. (p.44)

나절로 : '스스로'의 방언(우리말샘) (p.47)

단댓바람 : 서슴지 않고 단 한 번에 바로.(우리말샘) (p.50)

기연가미연가其然가未然가 : '긴가민가'의 본말. (p.54)

어둑발 : 사물을 뚜렷이 분간할 수 없을 만큼 어두운 빛살. (p.57)

재우치다 : 빨리 몰아치거나 재촉하다. (p.62)

짬새 : 짬(맞붙어 있는 두 물체의 틈)이나 있는 사이.(우리말샘) (p.63)

골부림 : 함부로 골을 내는 짓 (p.67)

바동대다 : 힘에 겨운 처지에서 벗어나려고 바득바득 애를 쓰다. (p.71)

망년忘年 하다 : 그해의 온갖 괴로움을 잊다. (p.72)

나달 : 흘러가는 시간. (p.74)

소슬바람 : 가을에, 외롭고 쓸쓸한 느낌을 주며 부는 으스스한 바람. (p74)

허접스럽다 : 허름하고 잡스러운 느낌이 있다. (p.75)

부지하세월不知何歲月 : 언제 이루어질지 그 기한을 알 수 없음. (p.78)

굿뜰이 : '귀뚜라미'의 방언(평안) / (우리말샘/고려대한국어대사전)) (p.80)

묵나물 : 뜯어 두었다가 이듬해 봄에 먹는 산나물.(묵은 나물/우리말샘) (p.85, p.90)

궁따다 : 시치미를 떼고 딴소리를 하다. (p.85)

오가리 손님 : '항아리손님'의 방언(전남). '볼거리'를 달리 이르는 말. (p90)

오가리 : 무나 호박 따위의 살을 길게 오리거나 썰어서 말린 것. 늑고자리. (p90) 식물의 잎이 병들거나 말라서 오글쪼글한 모양.(오가리가 들다) (p90)

오가리솥 : 아가리가 안쪽으로 조금 고부라진 작고 오목한 솥. (p90)

손 오가리 : '손나발'의 북한어. 손나팔. 손을 입에다 대고 마치 나팔을 부는 것처럼 소리를 내는 일. (p90)

141

# 🦋애매한 낱말 풀이

홀래바람 : '회오리바람'의 방언(평남).(고려대 한국어대사전) (p.91)

어우렁더우렁 : 여러 사람과 어울려 들떠서 지내는 모양. (p.93)

깨고소하다 : 깨가 쏟아지듯이 매우 고소하고 재미나다. (p.93)

어거리풍년 : 매우 드물게 농사가 잘된 해. (p.95)

엇구수하다 : 맛이나 냄새가 조금 구수하다. (p.107)

푼더분하다 : 여유가 있고 넉넉하다. (p.107)

모들뜨기 : 두 눈동자가 안쪽으로 치우친 눈. 또는 그런 눈을 가진 사람. (p.108)

노모포비아 : 휴대전화가 없으면 불안감을 느끼는 증세.(우리말샘)
영어 'No mobile-phone phobia'의 줄임말. (p.112)

톺아보다 : 샅샅이 톺아 나가면서 살피다. (p.113)

숙맥불변菽麥不辨 : 사리 분별을 못 하는 어리석고 못난 사람을 이르는 말. (p.122)

얄망궂다 : 성질이나 태도가 괴상하고 까다로워 얄미운 데가 있다. (p.128)

천산지산天山地山(하다) : 이런 말 저런 말로 많은 핑계를 늘어놓다. (p.129)

늠렬凜烈하다 : 추위가 살을 엘 듯이 심하다. (p.129)

봉싯봉싯 : 소리 없이 예쁘장하게 조금 입을 벌리고 가볍게 자꾸 웃는 모양. (p.131)

흥바람 : 흥에 겨워 일어나는 바람.(고려대 한국어대사전) (p.134)

남사스럽다 : 남에게 놀림과 비웃음을 받을 듯하다.=남우세스럽다. (p.136)

## 작가의 변辨


글쓰기가 잘 안 된다고 두려워하면 영영 못 쓰는 것 아닐까?
두려움을 이겨내려면 지혜를 밝히는
등불을 켜야 밝음이 오고, 씨줄 날줄을 잘 옭아매야
좋은 비단을 짤 수 있듯이, 시 또한 그렇게 낳는 것이려니


시어와 시어로 그물코를 잘 짜 맞추어야 시詩다운 시가 될 것이나
등단 4년의 벽을 넘어오며 늘 새롭게 써야 한다는
생각에 사로잡혀 쓰고 써 보지만 필력이 늘지 않아
아직도 '수습생修習生' 티를 벗지 못한 글쓰기라
생쥐 볼가심할 것도 없듯*
변변한 시 한 편 쓰지 못함이 못내 아쉽다.

첫 졸작 시집 **"쫓기는 여우가 뒤를 돌아보는 이유"**와
두 번째 시집 **"아따 뭔 일로"**에서
그래도 '일품요리' 하나는 있네 하며
애정을 갖고 끝까지 읽어주신
모든 분께 신의 가호가 충만하여
언제나 건강하고 행복한 나날이길 두 손 모아 본다.
참으로 고맙고 고맙습니다.


* 생쥐 볼가심할(입가심할) 것도 없다. (속담) : 먹을 것이 없고 살림이 몹시 궁하다는 말.

# 아따 뭔 일로

**박희홍** 제2시집

2020년 10월 22일 초판 1쇄
2020년 10월 26일 발행
지 은 이 : 박희홍
펴 낸 이 : 김락호
디자인 편집 : 이은희
기 획 : 시사랑음악사랑
연 락 처 : 1899-1341
홈페이지 주소 : www.poemmusic.net
E-Mail : poemarts@hanmail.net

정가 : 10,000원
ISBN : 979-11-6284-241-6